기획의 말

그리운 마음일 때 'I Miss You'라고 하는 것은 '내게서 당신이 빠져 있기(miss) 때문에 나는 충분한 존재가 될 수 없다'는 뜻이라는 게 소설가 쓰시마 유코의 아름다운 해석이다. 현재의 세계에는 틀림없이 결여가 있어서 우리는 언제나 무언가를 그리워한다. 한때 우리를 벅차게 했으나 이제는 읽을 수 없게 된 옛날의 시집을 되살리는 작업 또한 그 그리움의 일이다. 어떤 시집이 빠져 있는 한, 우리의 시는 충분해질 수 없다.

더 나아가 옛 시집을 복간하는 일은 한국 시문학사의 역동성이 드러나는 장을 여는 일이 될 수도 있다. 하나의 새로운 예술작품이 창조될 때 일어나는 일은 과거에 있었던 모든 예술작품에도 동시에 일어난다는 것이 시인 엘리엇의 오래된 말이다. 과거가 이룩해놓은 질서는 현재의 성취에 영향받아 다시 배치된다는 것이다. 우리는 현재의 빛에 의지해 어떤 과거를 선택할 것인가. 그렇게 시사(詩史)는 되돌아보며 전진한다.

이 일들을 문학동네는 이미 한 적이 있다. 1996년 11월 황동규, 마종기, 강은교의 청년기 시집들을 복간하며 '포에지 2000' 시리즈가 시작됐다. "생이 덧없고 힘겨울 때 이따금 가슴으로 암송했던 시들, 이미 절판되어 오래된 명성으로만 만날 수 있었던 시들, 동시대를 대표하는 시인들의 젊은 날의 아름다운 연가(戀歌)가 여기 되살아납니다." 당시로서는 드물고 귀했던 그 일을 우리는 이제 다시 시작해보려 한다.

기획의 말

그리운 마음일 때 'I Miss You'라고 하는 것은 '내게서 당신이 빠져 있기(miss) 때문에 나는 충분한 존재가 될 수 없다'는 뜻이라는 게 소설가 쓰시마 유코의 아름다운 해석이다. 현재의 세계에는 틀림없이 결여가 있어서 우리는 언제나 무언가를 그리워한다. 한때 우리를 매혹케 했으나 이제는 읽을 수 없게 된 옛날의 시집을 되살리는 작업 또한 그 그리움의 일이다. 어떤 시집이 빠져 있는 한, 우리의 시는 충분해질 수 없다.

더 나아가 옛 시집을 복간하는 일은 한국 시문학사의 역동성이 드러나는 장을 여는 일이 될 수도 있다. 하나의 새로운 예술작품이 창조될 때 일어나는 일은 과거에 있었던 모든 예술작품에도 동시에 일어난다는 것이 시인 엘리엇의 오래된 말이다. 과거가 이룩해놓은 질서는 현재의 성취에 영향받아 다시 배치된다는 것이다. 우리는 현재의 빛에 의지해 어떤 과거를 선택할 것인가. 그렇게 시사(詩史)는 되돌아보며 전진한다.

이 일들을 문학동네는 이미 한 적이 있다. 1996년 11월 황동규, 마종기, 강은교의 청년기 시집들을 복간하며 '포에지 2000' 시리즈가 시작됐다. "생이 덧없고 힘겨울 때 이따금 가슴으로 암송했던 시들, 이미 절판되어 오래된 명성으로만 만날 수 있었던 시들, 동시대를 대표하는 시인들의 젊은 날의 아름다운 연가(戀歌)가 여기 되살아납니다." 당시로서는 드물고 귀했던 그 일을 우리는 이제 다시 시작해보려 한다.

서울로 가는 전봉준

문학동네포에지 014

안도현 시집

서울로
가는
전봉준

시인의 말

몇 편의 미발표작을 포함하여, 1980년부터 지금까지 씌어진 것들을 한 권의 시집으로 묶는다. 젊은 나이에 책을 내는 마음은 즐거우면서도 매우 쑥스럽다.

기왕에 멋들어지게 한마당 놀다 가려면, 앞으로 더 험하게 살아가는 나를 보아야 하리라.

1985년 8월

안도현

개정판 시인의 말

물을 건너느라
발목아, 애썼다.

2021년 3월
안도현

차례

눈 오는 날

멀고 험한 저승길이거든 아버지
눈발로 훌쩍 뛰어내려 이 세상에 오셔요
제가 땅에 강물이 되어 엎드리지요
열아홉 숫처녀 어머니도 문간에 홀로 서서 바라보시잖아요

22시 바다

누가 죽었는지 잠든 부두의
머리맡으로 폭설이 내리고, 이 지방 사내들의
한쪽 어깨가 젖고
확인할 수 없는 속눈썹이 젖는다
등뒤에서 숙명적으로 우는 파도 소리
어둠 저쪽으로 도망치듯이
도선장 옆 골목을 빠져들어가
오늘밤도 빈 술병으로 쓰러지는 그대들

수평선을 바라보았을 때
쓸쓸한, 끝이 없는 그곳은 그대들의
장지(葬地)인가, 버릴 수 없는 어두운 바다에
누가 죽어 자기의 혼을 갖다 버리는지
머리 풀고 바다가 우는 것 같다

군산 앞바다가 서서히 떠오른다
부서진 저 폐선의 이름을 알아두고 싶다
어업한계선 안으로
은조기떼가 노랗게 몰려들고
사내들은 저마다 배를 타고
아내의 자궁 깊숙이 들어가는 시간,
밤 22시

눈발은 해안의 모든 지붕을 적시고

안강(鮟鱇)의 그물로도 건지지 못할 슬픔 속
이 밤은 다시 태어날 그대들의 꽃밭,
부디 잠들지 말라
젖은 꿈속을 서해가 밀려들리라

소록도 사람들

무너지는 바다를 바라보아라, 밤마다
바다 쪽으로 비탈길은 조금씩 기울어지고
햇살을 잡아당기던 나뭇잎들도
가을에는 떨어져나갔다 그러나 소록도 사람들은
각목과 쇠그물로 닭장을 만들고 저녁엔
빈 바다에 나가 죽어 있는
몇 개의 손톱이나 눈썹을 건져내었다
허물어진 곳을 가슴으로 메우기 위해
밤이면 소록도는 자꾸 돌아누웠고
돌아누울 때마다 세월이 가면서 아이들은
죽음의 파도를 밟고 자라났다 여기서는
바다가 바다를 버리고 떠나가지만
아이들은 동백나무 이파리에 손을 갖다 대다가
입술을 갖다 대다가, 잠이 들면
빨간 동백꽃으로 피어나는 꿈을 꾸기도 하였다
날이면 날마다 바다 쪽으로 무너져가는 발목은
남해 어느 곳, 아무도 가보지 못한 섬이 되어
저 혼자 떠돌고 있는가, 소록도 사람들은
자기들의 생(生)이 어떻게 수평선 끝에 이르는지
언제 수평선이 되어 눕는지 너무 잘 알기에
오늘도 기울어진 비탈길을 조용히 올라가고 있다

늙은 권투선수의 죽음

늙은 권투선수가 죽었다. 그의 생애에 단 한 번 패배를 기록하는 순간이었다.
각종 매스컴과 권투 전문가들이 그의 죽음을
애도해 마지않았으며 그의 관중은 흥분했지만
소리지르고 박수 치지는 않았다. 때리고 맞고 피 흘리는 시간 속에서도
사람들은 그를 쓰러뜨릴 자가
이 세상에는 없는 것으로 믿었다.

어느 날 갑자기 너는 왔다. 너는
한 늙은이의 초상화와 두 자루의 촛불을 켜들고
다시는 일어나지 않을 싸움을 축복하였다.
그가 모아둔 많은 돈과 커다란 집이 치욕으로 떨며
밤새도록 눈물의 강 깊이 잠기고 있었다. 너는 웃으며 말했다.
누구든지 자기의 적이 없다고 생각하는 것은 얼마나 가소로운가.

그러나 텔레비전은 또 새로운 경기를 중계할 것이다.
안정된 사람들은 저녁식사를 하고 담배를 피우고 더러는 누워서
어퍼컷! 라이트 훅! 레프트 훅! 다시 들뜨고…… 그리고 마지막에
승리한 권투선수는 멍든 눈으로 기념사진을 찍을 것이다.

산역(山驛)

1

기차가 멈추었다. 오랜만에 흩날리던
눈발 그치고, 일렬횡대 측백나무 눈썹이
푸르게 타고 있었다. 양철지붕에서 미끄러지는
바람. 멀리 있어 그리운 눈 덮인 산
허리 깊숙이 적막이 진주해 있었다.
보고 싶었다. 가슴에 담기는 빈 하늘이라도.
보면서 우리는 급행열차가 지나가도록
비켜 있어야 한다. 그런데 청바지에 익숙하던
누나들 왜 보이지 않을까.
어디로 갔을까, 개좆같은 사랑의 노래는.

빨간 깃대 하나로 우리를 세워놓고 있는
우리를 보낼 수도 있는 역장, 그 제복의
생애 같은 전나무들 저 혼자 누워 있었다.
우리는 아무 말도 하지 않았고 그냥
바라보기만 했다. 누나의 남은 애인들이 땅에
동그라미를 그려놓고 동전을 던졌다. 퐁당
퐁당 사랑한다면서 밤 내내, 퐁당퐁당
옛날에 누나는 참 맑은 연못이었지.

2

그리움이었다. 낫으로 전나무 껍질 벗기는 어머니
어머니 한 켜 한 켜 깎아내는 세월 속

언제 다시 함박눈 내릴지. 그날,
엽총 들고 산속으로 첫눈 밟으며 바람 속으로
사슴 쫓아간 아버지. 보고 싶었다. 어머니는
허리 펴고 잠시 바라보는 세상을
무엇이 두려워 반쯤만 눈뜨고 계실까.

그런데 우리를 세상 밖으로 밀어내는 것은 무엇일까.
바람일까, 역장은 깃발을 녹색으로 바꾸었을까.
더욱 흰 눈이 다가와 모든 것 지워버리는 겨울.

낙동강

저물녘 나는 낙동강에 나가
보았다, 흰 옷자락 할아버지의 뒷모습을
오래오래 정든 하늘과 물소리도 따라가고 있었다
그때 강은
눈앞에만 흐르고 있는 것이 아니라 비로소
내 이마 위로도 소리 없이 흐르는 것을 알았다
어릴 적의 신열(身熱)처럼 뜨겁게,

어둠이 강의 끝부분을 지우면서
내가 서 있는 자리까지 번져오고 있었다
없는 것이 너무 많아서
아버지 아무 말씀도 하지 않으시고
낡은 목선을 손질하다가 어느 날
아버지는 내게 그물 한 장을 주셨다

그러나 그물을 빠져 달아난 한 뼘 미끄러운 힘으로
지느러미 흔들며 헤엄치는 은어떼들
나는 놓치고, 내 살아온 만큼 저물어가는
외로운 세상의 강안(江岸)에서
문득 피가 따뜻해지는 손을 펼치면
빈 손바닥에 살아 출렁이는 강물

아아 나는 아버지가 모랫벌에 찍어놓은
발자국이었다, 홀로 서서 생각했을 때

내 눈물 웅얼웅얼 모두 모여 흐르는
낙동강
그 맑은 마지막 물빛으로 남아 타오르고 싶었다

허수아비가 되어

내 어깨에 낫을 꽂지 마
언제부터인가 종일 바람에 몸 기대는 버릇이 생겨
바람 곤장 삼백 대에 무릎살 잃고
이렇게 흔들거리며 걸어간다
이렇게 두 손 들고 걸어간다
이렇게 두 눈 뜨고 걸어간다
홀로 서서 지켜온 이 들판에 지금껏
남아 내 몫이 된 것은
아무도 살지 않는 저무는 하늘, 흰 옷자락과 눈물
이 고장 아이들 가뭄 배꼽에 때 끼듯
논배미에 조심조심 드러눕는
살얼음아, 눕지 말고 가자
겨울 온다
어서 가자 그리움 밖으로

사람아
다시는 나를 아비라고 부르지 마

빈 콜라병들을 위하여

빈 콜라병들은 목이 마르다
그러나 괴롭다고 말하지 않는다
풀풀 날리는 햇볕 속에서

인간의 한 가슴을 적셔주었다고
이 세상 어디엔가 또 한 모금 물은 있다고
투명한 것들의 연좌침묵(連坐沈默)

변방에서

그 성난 개들 잠들고
불타오르던 미루나무도 여럿이
땅으로 가라앉았다 우리는
툇마루에 모여 소주를 마시고 있었다
이 여름밤 내내 풀어진
허리띠 같은 시간 내내
할일 없는 청년들 무협지를 읽다가
스스로 주인공이 되어 강과
산으로 날아가고 남아 있는 인생
남은 소주를 비울 때
갑자기 이마 위에 닿는
써늘한 정전
그러나 너무 잦은 일이라서
아무도 일어서거나 두꺼비집을
확인하려 들지 않았고
무엇을 밝히려는지
개똥벌레 한 마리가 마지막
한 점 불을 켠 채 날아가고 있었다
소금을 더듬어 안주 삼아 씹으며
우리는 저마다 선량한
시민이 되어갔다

길

걸어가면서 부르튼 발바닥은 걸어가면서 가라앉힐 수 있지만
어느 날 내 마음속 물집은 아무래도 터뜨릴 수 없다 터뜨릴 수 없다
그냥 홀로 한국소처럼 먼 하늘에다 두 눈알을 박기 전에
산 넘고 물 건너 그대 만나러 왔더니
지나온 땅 빼돌리고 저무는 벌판 끝으로 달아나 눕는 길

유민(流民)

흐른다 흘러
흐르다가 발 닿는 어디
그곳을 우리 고향이라 이름 부르면
우리 식구
마른 갈댓잎에 묻은 아무도 모르는 물방울처럼

아버지의 농업은 장마에 쑥쑥 발이 빠지고
나는 못 갈 것 같다 다가오는 추석엔
너 혼자 고향 가거라
그래도……
좀처럼 비는 그치지 않고

막냇동생은 학교에서 노래를
배워 오면 즐거워 제비 새끼처럼
강물아 흘러 흘러 어디로 가니

귀(歸)

어느 날 내가 앉아 있는 의자에서 나뭇잎이 돋아나고
금세 우리들의 교실은 학교 안에 울창한
참나무숲을 이루리라 그리고 어느 날 저녁식사 시간이면
옹기그릇은 한 덩이 진흙으로 풀어지고 숟가락은
밥과 국물을 버리고 출렁이는 광맥(鑛脈) 속으로 되돌아가리라
보아라 저 도시에서 굳은 약속으로 만났던 시멘트와
물과 모래들이 뿔뿔이 이별하는 것을, 커피에 타 마시던
설탕가루들이 뒤도 안 돌아보고 멕시코 사탕수수밭으로
날아가는 것을 보아라 콜라는 물이 되고 우리
사랑은 불이 되는 것을 어느 날 어른이 된 사람들은
늙은 어머니의 자궁 속을 찾아 떠나고 닭들은 달걀 속으로,
우리가 부르던 크나큰 노래들은 악보 속으로 빨려들겠지만
어느 날 무덤 열고 할아버지가 헛기침하며 걸어나오시고
강물이 조금씩 거꾸로 흐르리라 강물 따라 모여 흐르던
집 나간 내 눈물들이 비로소 눈 속으로
돌아올 때 내 스스로 살아온 날들을 펼쳐보지 않는다면
어느 누가 추억 속에 숨어 있는 우리 고향을 만나리

풍산국민학교

고 계집애 덧니 난 고 계집애랑
나랑 살았으면 하고 생각했었다 1학년 때부터 5학년 때까지
목조건물 삐걱이는 풍금 소리에 감겨 자주 울던 아이들
장래에 대통령 되고 싶어하던 그 아이들은
키가 자랄수록 젖은 나무 그늘을 찾아다니며 앉아 놀았지만
교실 앞 해바라기들은 가을이 되면 저마다 하나씩의 태양을 품고
불타올랐다 운동장 중간에 일본놈이 심어놓고 갔다는
성적표만한 낙엽들을 내뱉던 플라타너스 세 그루
청소 시간이면 나는 자주 나뭇잎 뒷면으로 도망가 숨어 있었다
매일 밤마다 밀린 숙제가 잠 끝까지 따라 들어오곤 하였다
붉은 리트머스 종이 위로 가을이 한창 물들어갈 무렵
내 소풍날은 김밥이 터지고 운동회날은 물통이 새고
그래 그날 주먹 같은 모래주머니 마구 던져대던 폭죽 터뜨리기
아아 그때부터였다 청군 백군 서로 갈라져
지금에 이르고 감추어둔 비둘기와 오색 종이 가루를 찾기 위하여
우리가 저 높은 곳으로 돌멩이 같은 것을 던지기 시작한 것은

그런데 소식도 없이 기러기 기러기는 하늘에다 길을 내고
겨울이 오면 아이들은 변방으로 위문편지를 쓰다가
책상 위에 연필 깎는 칼로 휴전선을 그었다
그 부끄러운 흔적 지우지 못하고 6학년이 되었을 때
가슴속 따뜻한 고향을 조금씩 벗겨내며 처음으로
나는 도시로 가고 싶었다 그렇지만 날이 갈수록 고 계집애
고 계집애는 실처럼 자꾸 나를 휘감아왔다

안항(雁行)

나뭇잎과 나뭇잎이 서로 떨어지며 열어놓은 하늘
우리나라의 하늘을 끌고 간다, 기러기가

햇빛도 서둘러 가을 깊은 곳을 찾아간다
자주 편지하지 못해 미안하다 하는 일도 없이
나는 왜 여기서 살고 있는지
가혹하게 아름다운 날이 오면 두 눈 부릅뜨고
우리 울타리와 지붕을 함께 엮어야지

아우야

이해해줄 수 있겠지, 해마다 이맘때쯤
잎 진 모과나무 아래 철없이 서서
먼 우리집 쪽으로 떼 지어 가는 군사들 바라보면서도
그래도
따뜻한 형이 되고 싶었다

한 치의 흐트러짐 없이 눈물도 없이
건너가야 할 나라 늦가을

기럭 기럭 기럭 기럭 기럭 기럭 기럭
기럭 기럭 기럭 기럭 기럭 기럭
기럭 기럭 기럭 기럭 기럭
기럭 기럭 기럭 기럭
기럭 기럭 기럭
기럭 기럭
기럭

강의실 밖에 내리는 눈

오호 한국은
질경이풀 같은 나라였군요
오늘 이 시간에도 역사의 수레바퀴가 근심근심하며
질척한 산길을 서둘러 내려오고
그 지나간 자국을 그래도 찢으며 돋아나는 풀

눈이 내린다
통일신라가 버리고 간 탑과 사원의 미를 위하여
한반도 남단으로 꾸준히 눈물 내린다

만세 만세
친구 어서 밖으로 나가
만세나 부르자
너와 나는 같은 핏줄을 타고 와 여기서
만났군 대한 독립 만세
만만세

고추밭

어머니의 고추밭에 나가면
연한 손에 매운 물 든다 저리 가 있거라
나는 비탈진 황토밭 근방에서
맴맴 고추잠자리였다
어머니 어깨 위에 내리는
글썽거리는 햇살이었다
아들 넷만 나란히 보기 좋게 키워내셨으니
짓무른 벌레 먹은 구멍 뚫린 고추 보고
누가 도현네 올 고추 농사 잘 안 되었네요 해도
가을에 가봐야 알지요 하시는
우리 어머니를 위하여
나는 빨리 어른이 되고 싶었다

사월

연락도 없이 사월이 오는 것을 보았어 나는
풀밭에 앉아 있었어 물오른 목련 가지마다 죽은 아이들
손바닥 같은 꽃잎 몇 장씩 붙여대며 이제는 잘
길들여진 짐승처럼 무사히 사월은 걸어오고 있었어
그동안 스스로 별일 없기를 얼마나 빌었는지 참
내 무사한 등이 하루종일 가려웠어

보고 싶은 형, 웬일인지 죽고 싶었어 웬일인지
때로 저 아지랑이 속으로 뛰어들면 죽을 수 있을 거라고
생각했어 내 기억의 어두운 상자를 열어볼 때마다
햇빛을 피해 기어든 이상한 곤충들이 우글거렸어
잊지 않았겠지, 카릉카릉 〈선구자〉를 그렇게 잘 부르던 형

한 떼의 거세된 학생들이 지저귀며 지나갔어
아으 입속에 혓바닥만 남은 우리들 우리 과
대표는 야외로 봄소풍을 계획했지만 나는 사월
자꾸 등이 가려웠어 목련꽃 그늘을 밟고 일어섰을 때
내 몸이 공중으로 조금씩 떠오르고 있었어

떠오르고 있었어, 얼마만큼의 거리를 두고
세계를 바라보는 일은 엄숙하고 조심스러웠어
구름 위에서 나는 내려다보았어 한 평 풀밭이
광야가 되고 마을이 국가가 되고 비로소

사월의 강이 큰 바다가 되는 것을, 지상의
개나리꽃들은 울타리가 험해서 더욱 노랗게 피어났고
그 이름, 사월이여 하고 낮게 나는 불러보았어

초소에서

오래도록 서 있으면 고향이 보인다
해와 달 향하여 이 땅에 처음 울며 눈뜬 뒤
오늘은 다시 예감의 푸른 속눈썹 반짝이는
우리 서럽고 팔팔한 스물두 살이 보인다

떨리는 손끝에 몇 덩이 둥근 무덤을 얹어두고
나는 누구를 기다리며 여기 와 있나
이상하게 말 안 듣는 내 팔다리여
저 녹슨 들판에 주름을 잡으며 밀려오는 겨울 저녁이여
조금만 참으라구 조금만
3년 동안 잔밥 내를 입술에 적시고
그저께야 떠나간 제대병들의 얼룩무늬 입김이
흰 꽃 눈송이로 뚝뚝 떨어지고 있구나

잠시 졸며 서서 꾸는 꿈도 우리는 고맙지만
흐린 꿈의 포대경(砲臺鏡) 속을 들여다보면
눈발 속에서 불도저에 이마를 밀리는 한반도
우리나라 곳곳에 청년들은 산찔레 열매가 되어 흩어지고
모여서 더러는 악써 군가도 부르리라

보아라 까마귀떼가 눈보라를 피해
죽은 사람 따라 서서히 능선을 넘어가는 것을
아직도 마주보고 서 있을 십 리 밖의 친구여

찬 두려움 한입 가득 물고 나뭇잎 틈에 숨어
서로를 기다리는 우리는
곧 서둘러 달아나야 할 젊은 도마뱀

이토록 오래 서 있으면
가장 멀리 있다는 죽음의 땅도 보일까
어둠이 난로 곁으로 근무시간을 바꿀 때
말할 수 있으리라
우리들 쓸쓸한 감시의 끝에 서성이던 고향에 대해
목숨보다 단단한 총구를 매만지며
스물두 살의 초병(哨兵), 나는

전야(前夜)

늦게 입대하는 친구와 둘러앉아
우리는 소주를 마신다
소주잔에 고인 정든 시간이 조금씩
일렁이기 시작하는 이 겨울밤
창밖에는 희끗희끗
삐라 같은 첫눈이 어둠 속을 떠다니고
남들이 스물 갓 넘어 부르던 군가를
꽃피는 서른이 다 되어 불러야 할 친구여,
식탁 가득 주둔중인 접시들이 입 모아
최후의 만찬이 아니야 아니야
그래, 때가 되면 떠나는 것
까짓것 누구나 때가 되면
소주를 마시며 모두 버리고 가면 되는 것
살아가면서 많은 것을 버려도
버려도 끝까지 우리 몸에 남는 것은
밥과 의무, 흉터들
제각기 숨가빴던 시절들을 등뒤로 감추고
입술 쓴 소주잔을 주거니 받거니 돌리노라면
옷소매 밑에 드러나는 부끄러운 흰 손목이여,
얼마나 많은 치욕이 우리의 두 손목을 적시며 흘러갔는지
늦은 친구가 머리를 깎으러 간 동안
주인공 없는 슬픈 영화 장면 속에서
우리는 노래 불렀다

학기도 노래 부르고 종남이도 부르고
감출 수 없는 흥분만 고요히 이마에 서리고
우리는 더욱 쓸쓸해서
거푸 술잔을 비운다
이 밤, 젊고 그리운 서러움은 비로소
온 사방 함박눈으로 내려 쌓이고
별리(別離)의 흐린 담배 연기 속으로 돌아와
내일이면 병정이 되기 위하여
말없이 뒷모습 보여줄 친구여,
어느 시대의 은빛 투구를 씌워줄까
두꺼운 방패를 쥐여줄까
우리는 목구멍에다 눈물 같은 소주를 털어넣는다

회군(回軍)

여기쯤서 한마당 뒤집고 놀다 가자고
싸리나무 울타리 속썩이며 내리는 장맛비
족보에 없는 대륙 등에 두고
장맛비로 내릴거나
되돌아 고려에 넘치도록 갈거나
눈은 멀어 못 뜨고 밥은 쉬어 못 먹으니
푸른 칼에게 핏방울을 먹여줄거나
여지껏 강 건너 어지러이 오는구나
군바리야
군바리야

북일동

그 4년 동안 나는 줄곧 눈물 흘렸다
운이 없었다 운이
없었으므로 일찍이 나를 버린 여자가 없었으므로
손수건도 한 장 없었다
북일동 소나무숲 속에 웅크리고 앉아
몇 쌍의 무덤들이 아지랑이와
종달새를 하늘로 날려 올리면
봄이 오고
오랜만에 이마가 풀린 선배들은 술을
가르쳐주었다 나는 배웠다 국문학사와
논리학과 선생이 되는 법 울며
조용하게 사는 법 참
많이도 배웠다 더러 안개에 밀려
자취방을 옮길 때마다 왜
머리카락이 젖었을까 우기도 아닌데
매일매일 내리는 비를 보여주는 창문
안에서 외출은 삼갔다
그 4년 동안 그립도록
퉁퉁 불은 라면 먹고 쓸쓸해서
몇 군데 편지하고
오지 않을 답장을 하루종일 기다렸다

눈

백제 하늘을 기어오르는 새떼여
누가 버린 땅 용케 찾아 다시 버리고 가는
눈발이여

나는 왕이다
처음으로 부르짖으며
동쪽으로 말 몰아 달리던 견훤의
끝나지 않은 끝나지 않은
말발굽 소리여

족보(族譜)

슬픔도 오래 묵을수록 귀한 것일까
황사 뜬 봄하늘 안방 장롱 위에
수많은 세월을 먹고 놀다 잠든
파리똥들이 옹기종기 가슴 아프다
어린 날 재봉틀 의자 위에 까치발로 서서

새로운 꽃 피우려고 몸을 풀던 강이며
그 강을 건너지 못한 우리나라 어머니들이며
호박엿이 먹고 싶던 날들이며

서울로 가는 전봉준(全琫準)

눈 내리는 만경 들 건너가네
해진 짚신에 상투 하나 떠가네
가는 길 그리운 이 아무도 없네
녹두꽃 자지러지게 피면 돌아올거나
울며 울지 않으며 가는
우리 봉준이
풀잎들이 북향하여 일제히 성긴 머리를 푸네

그 누가 알기나 하리
처음에는 우리 모두 이름 없는 들꽃이었더니
들꽃 중에서도 저 하늘 보기 두려워
그늘 깊은 땅속으로 젖은 발 내리고 싶어하던
잔뿌리였더니

그대 떠나기 전에 우리는
목쉰 그대의 칼집도 찾아주지 못하고
조선 호랑이처럼 모여 울어주지도 못하였네
그보다도 더운 국밥 한 그릇 말아주지 못하였네
못다 한 그 사랑 원망이라도 하듯
속절없이 눈발은 그치지 않고
한 자 세 치 눈 쌓이는 소리까지 들려오나니

그 누가 알기나 하리
겨울이라 꽁꽁 숨어 우는 우리나라 풀뿌리들이

입춘 경칩 지나 수군거리며 봄바람 찾아오면
수천 개의 푸른 기상나팔을 불어제낄 것을
지금은 손발 묶인 저 얼음장 강줄기가
옥빛 대님을 홀연 풀어헤치고
서해로 출렁거리며 쳐들어갈 것을

우리 성상(聖上) 계옵신 곳 가까이 가서
녹두알 같은 눈물 흘리며 한 목숨 타오르겠네
봉준이 이 사람아
그대 갈 때 누군가 찍은 한 장 사진 속에서
기억하라고 타는 눈빛으로 건네던 말
오늘 나는 알겠네

들꽃들아
그날이 오면 닭 울 때
흰 무명띠 머리에 두르고 동진강 어귀에 모여
척왜척화 척왜척화 물결 소리에
귀를 기울이라

오랑캐꽃 피기 사흘 전에

가야 할 나라 아직 멀고
그리운 일 너무 많아 오랑캐꽃 피기 사흘 전에
나는 길 잘못 든 눈발로 서성이면서
흰 빨래에 밴 겨울을 짜내면서 어머니는
서둘지 마라 얘야 봄이야 오지 않을까만
바라보는 하늘에 뜨는 저 대륙의 구름
우리 낮은 산과 말없는 들판이
엎드려 언 손을 뜨겁게 서로 문지르며
비어 있는 가슴속에 넣어주고
살아온 세월을 기꺼이 용서해주는
오랑캐꽃 피기 사흘 전에
푸른 병정이 된 친구들 떼 지어 돌아오는지
끝이 없다 이마 위엔 저기압의 군단
발밑에는 풀잎들의 힘찬 노래자랑
모든 길들은 더듬거리며 들로 나가지만
아버지 계시지 않는 땅에 어머니
혼자 어떻게 농사지으시겠어요
떠나야 해요 설렘보다 먼저 황사가
바다를 건너오는 오랑캐꽃 피기 사흘 전에
너무 그리워서 먼 나라로 가고 싶다
가는 도중에 우리가 오랑캐꽃이 되어
친구들의 발소리에도 소름 돋아 떨지라도
그때 오는 봄을 맞이할지라도

비 내리는 군대

여럿이 모이면 총싸움을 좋아하던 우리는 죽어서 우리나라 하늘 먹장구름이 되었습니다 시절도 모르고 쉰내나는 마음을 아무데나 쏟아붓기 때문에 어린 풀과 짐승들은 우리를 무서워했지만 사실 우리는 저기압골을 따라다니는 병졸일 뿐이었습니다

삼천리 화려 강산 개나리 가지에 개나리꽃을 엮으며 봄이 왔을 때 모든 뿌리는 씩씩하게 땅속으로 발목을 밀어넣었고 한 떼의 고등학생은 대학생이 되어 뼛속에 물 대신 불을 키우기 시작했습니다 그러고는 끝없이 어떻게 살아야 하는지를 서로 물었습니다 유난히도 일찍 봄이 당도한 마을이기 때문이었을까요

우리는 하늘의 비탈길을 포복하다가 그 마을로 내려갔습니다 중앙기상대에서 알려드립니다 이번주는 대체로 맑은 날이 계속되겠습니다 그러나 우리는 한잔의 술을 마시고 싶었습니다 따뜻한 처녀들이 엎드려 피 흘리는 것을 보고 싶었습니다 낙하산을 타고 하나씩 하나씩 떨어져내리면서 우리는 돌이킬 수 없는 흙비가 되었습니다

어머니, 여기가, 그 숨죽인 내 첫사랑의, 추억의, 목마르게 그리던 고향인 줄은, 밤사이 내가 찍은 군화 자국을 몸에 두르고, 웅덩이마다 흥건히 고인, 어머니, 때아닌 장마가 잔치와도 같이 세계를 들뜨게 하는 동안 개나리꽃은 서러운 잎사귀를 달기에 바빴고 먼 곳에서는 한 공화국이 세워지고 있었습니다

연날리기

우리 거친 엉덩이 하늘에 대고
살아온 한 해 돌아다보니. 그래도
섭섭한 대로 괜찮았다 괜찮았다 싶은 것은
아침 해바라기 얼굴로 이 언덕에 모두 모여.
사시사철 한숨 날리던 벌판 위로
오늘은. 연을 띄우고 있으므로.
삽과 괭이는 겨울잠을 자게 두고
우리는. 햇볕 잘 스며드는 전주 한지에
추워서 푸른 대나무. 갈라. 다듬어. 붙여
힘센 바람의 성깔 아는 명주실에. 유리풀 먹여
새로 찧은 쌀가마를 빈 곳간에 져다 부리듯
공중으로. 들창만한 방패연을 냅다 던지면
어느새 얼레 잡은 손목에 불끈 솟는 힘줄이여.
저것 좀 봐. 강 건너 소나무 야산이
덩실덩실 어깨춤 추는 것을.
잠자는 줄 알았더니. 얼음장 밑 물소리도
두런두런 연줄 따라 감겨오는 것을.
하늘은 또. 몇 광주리씩 바람을 퍼올리는 것을.
누가 알 것이냐. 그 자랑스러운 우리들의 노동과
수만의 땅을 물고 가는 강물의 어깨를.
기왕이면 태극무늬도 하나 그려줄걸.
꼬리연 조개연을 들고 까부는 어린것들
귀뿌리도 벌써 빨갛게 물이 들어.
없는 것이 많아도 이리 팽팽한

사랑. 나눌 줄이야.
대낮의 불꽃놀이 같은.
이승과 저승 사이 다리를 놓는.
아직은. 사는 대로 살아갈 만한 우리 만사를
누가 알 것이냐.

신혼 일기

겨우. 공중에 뜬 거미집 같은 15평이라도
우리가 한세상 이루기 위하여
살아간다 생각하면. 숨쉬기 시작하는
저 싱싱한 옷장과 밥그릇들과 더불어
나는 힘 좋은 신랑이 되고 싶어진다.
적당한 높이의 벽에
알맞은 굵기의 못을 박고
아직 태어나지 않은 아이의
이쁜. 키와 머릿결을 떠올리는 동안
신혼의 저녁은 첫눈을 타고 온다.
별일 없느냐는 둥. 창틀 가까이 내려앉으며
살림을 들여다보는 하늘의 눈을 가리려고
쑥스러운 손끝으로 커튼을 치는
젊은 아내여.
내일은. 몇 녀석들 불러. 술상이라도. 차려야지.
내가 소대장처럼 명령했을 때
웬일인가. 꿈속 사랑이 그렁그렁
복숭아꽃 같은 눈물 보일 줄이야.
내 좀더 넓은 이마를 가졌더라면.
오늘밤은 이불 속으로
함박눈이 되어 펄펄
그대의 따뜻한 나라로. 쳐들어가고 싶구나.
나는. 우리가 우리라고 스스럼없이
이름 부르는 그것을 축복이라 생각하며

한 오백 년. 물고 있을 담배에 불을 댕긴다.

화투놀이

또 눈이 내리고, 어디 갈 데 없으니
화투나 치자
사철 한 지붕 아래 찬밥 나눠 먹으며
마른 수숫대만큼 키가 자란 노여움아, 슬픔의 새끼야
우리집 아궁이 가득 상수리나무 장작 군불을 지펴두고
붉고 푸른 잡꽃들 싸움 붙여보자
우리가 뜨거운 이마 보이며 놀자
새벽마다 더듬거리며 기어가던 밭두렁이며
서울로 어디로 길 뜬 온갖 귀신들아
타향 객지 반납하고 모여라, 눈은 계속 내리고
나라가 어둡다고 저리 왁자지껄 떠들며 내리고
마침내 우리를 덮는 이불이 되고 막막한 사랑이 되나니
귀 닳은 마흔여덟 장의 세월과
군용 담요를 펼치고 앉은 우리는
혼곤한 노동의 텃밭가에서
잠시 허리띠를 푸는 가난한 풀잎이자
그리하여 사랑방은 숨죽인 풀밭이 되지만
여섯 장을 깔고 다섯 장을 드는지
여덟 장을 깔고 여섯 장을 드는지 모르는 민화투
어찌하랴, 둥지 안의 까마귀 알처럼 살아왔으니
검은 날개라도 펴고 놀아나보자
소주잔을 주고받으며 청무를 씹으며
홍싸리와 벚꽃과 국화 몇 장씩 움켜잡고
눈 내리는 겨울밤에, 서로 싸움 붙이자

듣자면, 하 수상하다는 이 시절에
똥 껍데기로 똥광을 먹기도 하고

부여 기행

저 가랑잎 같은 새떼들과 함께 우리
부여로, 살면서 흘린 눈물 등뒤에 묻고
그 옛날을 적시던 누구의 눈물 찾으러 가리
그 옛날에 내리던 눈 맞으며 가리
우리 사랑은 이웃 군대 불러
밥과 술 먹이고 길들인 말 고삐 쥐여주고
사돈네 마을 불 싸지르는 일뿐이었더냐고,
내 안경 너머로 소리 죽여 우는
빈 몸의 성터여, 스스로 물으며 왔나니
거기서 둥근 무지개를 그려 올리던 백제인의 활이여,
보아라, 삼남(三南)에서 떼 지어 모여든 길들이
백마강 살얼음 강물 속으로 스스럼없이 뛰어드는 것을
우리 몸에 도는 핏줄과 은사시나무들 물관부도
오늘은 잘 보이는구나, 가슴으로 날아오는 화살이여,
예서 우리 한 나라 세우지 못한다면
궁술 능한 사내 많이 키운들 무엇하겠느냐
박물관에서 낙화암에서 슬픔을 배경 삼아
잇몸 드러내놓고 기념사진을 찍는 너희는
대체 어느 후레자식의 후예들이냐고
이마를 때리는 눈발이여, 우리 언제나 가리
불과 수백 리 밖에서 잠든 고구려 나라로,
눈사람 되어 발목을 땅에 받치고 서서
관광버스 타고 부여에 와서

그늘

그는 바싹 땅에 엎드리지 않을 수 없었다
일찍부터 나무가 태양의 병정이었다면 그는
한 나무의 졸병이었으니까, 아우야 두 달 만에 쓰는구나
어머님은 평안하옵시며 막내는 학교에 잘 다니는지
철모 삐딱하게 눌러쓰고 늦가을 논바닥에 코를 박고
나는 또 낮은 포복이다 문득문득 벼 그루터기가 심장과
추억을 찌르고 온몸에 매독처럼 번져오는 그리움
흙탕물 위를 기어가는 나는 한 마리의 소금쟁이 같구나
그는 낮에 엎드리지 운동장에 거리에 공원에
햇빛만 나타나면 금방 엎드리지, 아우야
그러나 나는 밤에도 엎드린다 별빛 같은 눈을 가지라고
삶이 아니면 죽음이라고 소대장이 엉덩이를 차고 가도
사실 우리의 적은 한 놈도 보이지 않는구나
우린 이병에서 병장까지 자랑스럽다는 국군
아우야, 그가 엎드려 살아가는 것을 흉내내어
남자들은 땅에 철길을 깔고 강물 위에 다리를 놓고
밤이면 두 개의 포개진 단풍잎 되고 싶어한다지
보이지 않는 적을 향해 수류탄 투척이 끝나면
침상에 엎드려 정말 편지를 쓰겠다 어머님은
여전히 평안하옵시겠지 막내는 학교에서 돌아왔겠지
변방에서 너의 못난 형 씀

만경평야의 먼 불빛들

우리의 몸 바깥이 아니라
몸속에 어둠이 있다
그 어둠을 죽이려고 피어난 게 아니라
스스로 용단을 내려 물러가기를 바라면서
집집마다 이마에 하나씩 불빛을 다는
만경강 유역에 나가보라
정겨운 싸움이 있다
영차　　　영차
안간힘 쓰고 줄다리기하는 먼 불빛들
갑오년 동학패들 사발통문 돌리던 그 벌판에
잔혹한 어둠 속에
불빛 아래
노동이 비로소 꿈이 되는 것을 보라
내일이라도 늦지 않았으니
한세상 똑부러지게 살다 가야겠다고
그리고 내일까지는 기다리며 있겠다고
살아 꽃피며 수군거리는

세수를 하며

오늘 아침 수도꼭지에서 터져나와
물구나무 서서 대야 속으로
온몸으로 쏟아져내리는
물방울들이 맑다
밤새도록 얼마나 먼길을 달려왔는가
금강으로부터 왔으리라
거기 아직도 사람이 사는지
거기 아직도 붉은 꽃들이 피는지 안 피는지
씩씩한 물아
지금은 누구의 밥을 위해
어느 냄비 속에서 몸을 또 바치는가
나의 곤한 삶이 물을 더럽힌다
가엾은 물 내가 쏟아버린다
그래 험한 날들이 거듭거듭 닥쳐오리라

가자

—고운기에게

여기서 시 쓰다 모여
거친 잠도 없이 이 밤 다 새우고 나면
조선 천지 사방으로 울며 뻗친 길이 보일 것이니
그 길로 한번 사내 발길을 주어보자
잠 덜 깬 도둑떼 같은 아침 산
너머 나라는 허리가 없어
가야 할 땅 무슨 희한한 벌레들 나비들
그리운 더듬이 되어 갈까
개같은 세월 울타리만 겹겹
맥없이 깊어지고 우리는
어째 낮달 보고 짖는 개가 되는 것일까
우리가 스스로 막힌 두 귀를 뚫어
고향집 마당가 늙은 앵두나무에
앵두 알이 조잘거리는 소리 들으러 가자
햇빛이 온다 온몸에 들쑥날쑥 돋아난
부끄러운 털을 뽑아 들고
이 들 풀잎으로 이마에 둥지를 틀고 서서
정든 하늘과 새떼 불러모으자
좁은 땅 언제나 튼튼한 임금 한 분 날까
비로소 아침 강변에 닿아 걱정하면
강물은 안다 할말을 모래톱에 새겨두고
간다 우리가 저렇게 유유히
조선 사내로 불알 흔들며 갈 때
울음 뚝 그치고 돌아오는 길을 보자

삼천리 모든 길들이 우리 몸
꿈속 구렁이처럼 칭칭 감을 때까지 가자
고인 들판 둠벙이 해방되어 춤을 추도록
저 아침노을 붉은 속 환장하게
뒤집히도록
미치도록 나는 여기서 꽹과리를 두드릴게
동대문이 활짝 열리도록 징을 쳐라
못 간 땅 허나 꼭 가야 할 하늘로
다시 환약 같은 새떼를 띄우자
저것 봐 악쓰며 뜨는 우리 해 맑다

기러기야 발해 가자

저무는 압록강 물가에 나와 앉아
우리 땅 흙 묻은 발 씻으며 생각하느니
벌써 몇 번째 맞는 가을이냐
못 넘을 줄 알았던 적유령
통일이라 통일 어허야
만세 부르며 넘어온 것이 그 언제냐
세월이 무궁무진 보인다는 물결 위에
홀연히 그림자를 떨어뜨리고 가는 기러기야
기럭기럭 길도 잘 내는구나
너희들만 몰래 건너는 줄 알았지
험한 세상 우리도 바람 좋은 날
강남산맥 발치로 떼지어 날아와서
새 둥지를 틀고 둥지 안에 새끼 길러
자라면 또한 날개도 달아주었지
압록강이 더욱 힘을 내 꼬리 되치는 것도 보고
뙤놈들 지키는 군인들 싱싱한 어깨도 보았을 거다
조선 가을 깊어지고 하늘 짱짱해지면
백두산 단풍 구경 또 다녀오자고
김제 땅 강서방네한테서 엽서가 왔더란다
통일되니 놀이만 다닌다고 욕하지는 마라
옛적 한탄강 물가에 나가
사무치는 그리움으로 눈길 주던 기러기야
내일은 압록 물 건너 만주로 가겠구나
영주 땅 갈대들 살아 있는 몸짓 보이거든

갈숲에 숨어 조선말로 조선말로
도란거리는 처녀 총각 있거든
거기가 우리 할아버지 사시던 발해인 줄 알아라
아아 발해 붉은 흙 발목에 적시고 싶다
나도 너희 편대의 한 마리 기러기가 되자

행군

가리야
가리야
지금 여기 풀밭에는 앉지 못하리야
지금 여기 잠들면 두 눈 감으면
더 깊은 그늘
능지처참의 시대가 오리야
우리들 깎은 머리보다 시퍼렇게
동트는 하늘 그 새벽
못 보리야 다시는 못 보리야
군화야
발자국 어디에다 주리야
부산으로 광주로 안악으로 박천으로 신의주로
가리야 가다보면
사람 소리 들리리야
새벽밥 먹고
공장 가는 학교 가는
타박타박 우리 형제들이야
저벅저벅 군화야
그 소리는 못 밟으리야
어화 넘차 어화넘
가리야 우리 땅
붉은 두 귀 세워 건널 때
죄지은 역사 천근 등에 오리야

강원도 땅

누가 어찌하여 두고 왔는지
두고 왔다는 산
금강산이 보인다는 강원도

그 강원도는 내 아는
형렬이 형이 동해와 설악 품고 살던
하사 계급장 달고 3년 동안 썩어 살다 온 유현이 형이
잊을라치면 말해주는 우리나라 땅

아랫녘으로 내려와 힘 다 빠진 산들은
알 수가 없으며 상상도 못할
핵지뢰와 노루가 함께 어울려 크는 땅
대청봉 서늘한 수박 마시러 가야겠다고
내 마음이 갑자기 차오른 것은
이쪽에서 옥수수를 심고 거둘 때면
저쪽에서도 옥수수를 심고 거두는 것을 볼 수 있다는
그 이야기를 신기한 귀로 듣고 나서부터였다

우리 동포가 일하면서 살아 있으니
금강산 수박밭에서 한여름밤 눈이 내리겠지요
왜 이리 가보고 싶은지 강원도 땅
어쩌면 옛 고구려 사람도 몇몇
찔레 덤불 속 이마 밝은 자식새끼 키우며
태평성대 연기 피워 꿈꾸고 있을 땅으로

한국개항사(韓國開港史)

키 작은 해안은 엎드려 있었느니라
나라에 병이 얽혀서 슬픔이 깊은 바다
때없이 낯선 배들 노을과 함께 올 때
물에 뜬 얼굴 가리고 어둠 속으로
발목 내리던 항구여,
그때 높아지던 파도 소리 지금 듣고 있나니
우리 바다가 떨며 열리는구나

올망졸망 섬들이 보채는구나
어머니, 머리가 아파와요 큰 저녁 바다가 와요
아가 아가, 오만 가지 근심 다 밀물져 오더라도
속곳만은 단단히 여며두어야 하느니라
부산 원산 인천 목포
처음으로 지친 해가 진다
기약도 없이

몸 둘 곳 찾지 못하고 바라보니
진남포 마산 군산 성진 용암포
나무에 함포사격, 지붕 위에
군대 상륙, 무슨 별똥별이 떨어지느냐고
밤하늘 아래 대문 빗장 걸던 사람들의 땅
제 스스로 고름 풀지 못하는 옷
뉘 손에 벗기우고 누웠더냐
우리 이쁜 해변 처녀들이 피를 흘리네

갈매기떼 아으 눈알을 잃고
천 길 바다 그늘 속으로 뿔뿔이 가네

언제나 닿을까
짠물 젖은 빈 고깃배들
모르는 섬 뒤에 숨죽여 숨는 동안
나라 안에 나라가 들어서니
국중국(國中國)
우리 항구 철없는 사랑 언제까지 계속될까
보라, 전 해역에 걸쳐 구름 같은
물속 검은 태평양 잠수함이 온다
돛대도 아니 달고 삿대도 없이

밥 1

잔치 잔치 무슨 잔치 밥 잔치 벌인다고
이북쌀과 이남쌀 신랑 각시 되어 합친 몸
눈물겨워라 동네방네 기별하여 축하해주는 날
이뻐라 그것들 반반씩 안쳐 지은 우리나라 밥
한 그릇 같이 먹는 날
문화회관 옆 낮은 처마 집 오선생님 댁으로
기쁨인 듯 어쩌면 슬픔인 듯 우리는 햇살처럼
몰려 갔지요 통일도 이렇게 오리라 믿으면서요
없는 집에 들이닥친 길손 같던 썩을놈의 그 물난리도
하늘 아래 죄 많은 땅에서는 구시렁구시렁 옛날 이야
기로 사라지는 가을날
진수성찬 따로 없을 껬시더
웬걸요 웬걸요 어서 많이 드이소
된장찌개 싱싱한 바다회도 군침 돌아라 밥상둘레
우리는 낙동강변 들국화로 활짝 피는데
입쌀 한 톨 더 거두려고 밤낮 삽질하고 물꼬 보던
대동강변 청천강변 그리운 들국화는
아뿔싸 부르지도 못하고 남쪽 사는 우리끼리
봉화에서 전선생님 솎아 오신 배춧잎에다
얼씨구 좋아라 서로 껴안고 떨어지지 않고 뒹구는
이밥을 쌈싸서 먹었습니다
우리나라 반쪽 입들만 먹었습니다
밥알들이야 김 뿜으며 솥 안에서 뜨거운 몸
알뜰히도 부벼대었을 테지요

경상도 시악씨 아주마이 이거 얼마만이지비
아이고야 우리 사랑 요렇게 원없이 푹푹 익던 때가
한 40년 다 되었제요 그지요
그러다가 뜸이 들어 좋은 친구밥 되었겠지요
나라에 장마지도록 노린내 양놈 쪽발이 왜놈
쿵작쿵작 불러 소문내고 춤추는 게 잔치가 아니라
언젠가는 기어코 신랑 각시로 맞절할 사람들이
한솥밥으로 섞여 찰지게 익는 날
그날이 우리 크나큰 잔칫날입니다 밥은 알지요
밥보다 못난 우리는 이슬 같은 석 잔 소주로
우리의 소원 부르다가 금세 얼굴 붉어졌습니다

봉선화

기어코 좋은 꽃으로 피어야겠다
우리는 봉선화 조선 싸리나무 울 밑에 사는
모양이 서툴러서 서러운 꽃
이 땅 겹겹 어둠 제일 먼저 구멍 뚫고
우리 봉선화 푸르른 밤 건널 때
흉한 역적 폭풍우도 맑게 잠재우고
솟을 꽃이겠다
터질 꽃이겠다
세상 짓이길 꽃이겠다
젊은 날 물관부로 차올라오는 강물 소리
하염없이 기다리다 잠든 밤에는
아편 같은 꿈에 취한 꽃이 되지 말자고
봉선화 우리 사랑 기다리는 이
설레는 손톱을 찾아 총총걸음 가자고
이 한몸 다 바쳐
다시 없을 그이의 추억 되자고 등불 되자고
열 손가락 끝마다 살아 있는 힘이겠다
꼼틀꼼틀 약속하는 우리는 봉선화
그렇다 그날이 오면
조선 싸리나무 울 밑은 태평성대 꽃밭
아무도 처량하다고 울지 않겠다 봉선화
미치도록 피가슴 철철 넘쳐나도록
매맞으며 좋은 꽃으로
흔들리며 좋은 꽃으로

기어코 굵은 주먹 올려야겠다

울타리에 대하여

우리 아버지 어머니 살과 피
서로 합하여 또하나의 몸을 나누어
세상 깊은 벼랑 아래 내려놓으시며
아들아, 힘들여 한번 불러보시고
내가 뛰어놀 수 있는 만큼 땅에 금을 그어
몇 날 며칠 뚝딱뚝딱
햇빛 같은 못을 각목에 박으시더니
여기가 우리가 살아갈 집이란다
10년이 넘도록 아버지
들에 나가 삽질하실 때
어머니는 집에 남아 걸레질하시고
나는 낯선 아이들과 싸움질하였다
세상은 많이 변하였다
우리가 세워놓은 울타리에
우리가 둘러싸여 살아가면서,
학교에 다니면서 나는
나와 너를 구분 짓고 정의하는 것이
한 줄의 선이라는 것을 배웠다
가족이 마을로, 마을이 부족으로
부족이 국가로 자라나는 것을 보았다
헌데 세상이 많이 변하지 않았으므로
나는 어른이 될 수 있었다
내가 밥 먹으려고 강도질할 때
아내는 부엌에서 행주질하고

아직 태어나지 않은 우리 아가야
우리가 세워놓은 울타리에
우리가 둘러싸여 살아간다
이 아파트에는 울타리가 없으니
너는 잘 모르겠구나

집

이 세상에 내 집 한 채 있으면,
바득바득 살다가 모처럼 술 마시고 돌아와
우리 후진국의 유행가 좀 오리처럼
꽥꽥 불러대고 싶은 날은,
내 집 한 채 있으면 얼마나 좋을까
얼씨구, 눈치챈 아내의 손가락이 미리
나의 입술 위에 건너와 닿네
살아도 힘겨운 백열전등 아래
기죽지 말자 기죽지 말자
언젠가는 부엌문 닫지 않고 아무 일 아니라는 듯이
우리도 꽁치를 구워먹을 날이 오겠지
하수구와 빨랫줄을 갖춘 숨쉬는 집
해 뜨면 창문 열어 온몸에 하늘을 받아들이고
밤에는 방마다 처마마다 불을 밝히고
우리 여기 이렇게 살아 있다
알려주고 싶은 집 내 집
저세상에 둥근 집 무덤 한 채 장만하시고
끝내 홀로 떨어져 사시는 아버님,
제 소유의 집이 있다면 어디 거기서
밥만 먹고 잠만 자겠습니까
당신의 이쁜 손주놈 하나 낳아드리지요

벽시 2

—남북새

남북 남북
남북새가
남북 남북 하고
운다
내 밥 먹을 때
너희 잠잘 때
까마득히
까마득히 왜 잊어버리느냐고
말도 안 된다고
두 개의 하늘
조선에 앉을 둥지
없어
남북새가 운다
아무도 보지 못해
잡지 못한 새
내 놀이 갈 때
너희 춤출 때
남북 남북
남북새가
남북 남북
운다

들불

눈 내리지 않아 속이 쓰리냐
모진 밤 홀로 깨어 들불이
섣달 삭풍을 다독거리며
끈끈히 어디로 가는 것을 보았다
코흘리개 버짐머리 알록달록 땟국 조무래기들
바둑이 멍멍이 누렁이 검둥이 도꾸 똥개들
하늘 속의 눈송이도 부르며
금간 김제 만경 들을 맥 짚는 것을

삽 한 자루 귀한 줄 모르고
배 위에 배꼽 띄운 채 나자빠진 놈
문전옥답도 자고 나면 쑥대밭 되리
또한 쇠스랑 무서운 줄 모르고
물방개같이 잘도 까부는 오사리잡놈
부귀영화 대감놀음도 때가 오면
피바다 되리니

돌이키지 못할 속병은 날로 깊어가리니
여기서 들밥 맛있게 먹던 소작인 아버지들
밥 먹으면 물 떠다주던 어머니들
그늘에서 떼죽음같이 잠들던 이웃들
뼈 붙은 데마다 신경통이 오는구나
이 흉흉한 땅 눈발로 쑤시는구나

돌꽃아
씨름꽃아
발 벗고 뛰어나와 이 불을 넘으라
겨울은 우리 언 귀를 날 세우는
좋은 숫돌인 것을 노여운 사랑 노래인 것을
강물이라도 몇 사발 들이켜야겠다고
저녁밥 김칫국 벌겋게 말아 먹고
눈 맞으며 봉두난발
들불은 가는구나

산맥 노래

아가 우리 아가
갓 태어난 이쁜 아가
저기 창 너머 물결치며 어깨춤 추며 가는
우리 산맥들이 이 강산에 가을이 왔다고
오만 가지 단풍 거느리고 소나무도 청청 곁들이고
골짝과 골짝 여닫으면서 뽑아내는
기막힌 노랫소리 좀 들어보아
백두산에서 삼남까지
큰 목청 한번 틔우려고
쉼없이 꿈틀대며 달려 내려왔구나
그 힘을 오늘은 들녘마다 골고루 나누어주는구나
그리하여 곡식들 저렇게 알뜰히 여물고
씨 뿌린 사람들 성품은 넉넉해진다
아직은 목도 등도 잘 가눌 줄 모르는
자그마한 언덕배기처럼 누워 잠든 우리 아가
아가 젖 잘 먹고 튼튼히 자라면
맑은 눈과 귀를 가지면
동해를 끼고 달리는 낭림산맥 태백산맥
한반도 고을마다 마음을 주는 산맥 된다
우리가 부를 노래는 할일만큼이나 많으니
부디 서늘한 이마와 입술을 가지거라
그때는 가슴속에 호랑이도 키우고
칡넝쿨 같은 손 모아 나라를 잇자
아가 아가 아빠는 아직

동네 야산 하나도 갖지 못하였구나
봉화 한번 제때 못 올린 산봉우리구나
부끄러움 다하는 날은 바로 오늘이다
쩌렁쩌렁 목청 가꾸어
북으로 치달아가는 산맥 되거라
아가 한국에서 크는 우리 아가
큰불을 부르거라

홍골

산이 검붉다 하여 홍골
호옹꼴이라 부르는 당신이 무서웠습니다
밤마다 머리에 뿔을 단 빨갱이를 마을로 내려보낸다고 했습니다
그 시절 부근에서 집 갖고 밥 먹던 사람들은 다 그러하였다지요
세상이 어수선하면 먼저 당신 쪽 하늘을 보면서,
나는 소주 한 병 한산도 몇 갑으로 외갓집 가며
내 어린 시절 당신을 봅니다
어른이 된 외삼촌들 이제 가을 봄 나무하러 가지 않으니
홍골 물으면 추억 속의 골짜기라 하겠지만
빈 새마을회관 담벼락에 붙어 노는 조무래기들에게는
세상에서 당신이 가장 무섭고 큰 산입니다
잊었다가도 때때로 그리웠으므로
오래 만나지 못하였다는 것을 알았습니다
솔직히 고백하건대, 받아주십시오
당신은 지워지지 않을 나의 백두산이었습니다
산꼭대기에 서서 독야청청 광활한 만주 굽어보던
그 소나무도 살아 있군요
내 혼곤한 이마에 갖다 대는 손이 맵습니다
당신, 우리 외갓집은 백두산이 보이는 마을에 있습니다

병(兵)

민들레꽃 많다, 이 산 저 들
푸른 스무 살
조국이 부른다기에
쓸쓸한 분단 조국의 깃발 아래
좇 덜렁 차고 나온 죄가 깊어서
청춘아, 새벽 머리 깎고
니가 날아왔구나
반쯤 눈뜬 하늘
해보다 멸공이 먼저 뜨는 나라
혓바닥 동동 살얼음 위에 구르도록
군가 부르니
이 산 넘고 저 들 건너도
봄은 분명코 황사바람으로 오리라
한반도에 뿔뿔이,

숨죽여, 박혀,
악쓸수록 3년 잘도 썩는다
난리가 나면 다시
모여 꽃을 피우려고
아아 오늘도 총을 닦는, 마주앉은
민들레야

빈 논

아버지
아버지의 논이 비었습니다
저는 추운 서생(書生)이 되어 돌아와 요렇게 엎드려
빈 논, 두려워 나가보지도 못하고
껴안지는 더욱 못하고 쓸쓸한
한 편 시를 써보려고 합니다
옛날 이 땅에서 당신이 그러하셨던 것처럼
참나무 가시나무 마른 억새풀
아궁이 가득 지펴 펄펄 끓는 쇠죽솥
쇠죽솥 같은 앞가슴
아직도 만들지 못하여서요,
저 죽은 논에 까무잡잡 살 없는 논에
물줄기도 비켜 가지 않게 불러들이고
그 흙물에 서늘히 발목을 적시고
눈 닿는 곳이 다 내 하늘이라
아버지 뼈가 이룬 몸 하나로 버티며 서 계셔도
아, 바로 아버지가 하늘이었지요
그때야말로 가난이 넉넉한 재산이었지요
오늘밤 아버지의 논에 누운 살얼음을 밟고
달이 둥실 뜨는 것을 아시는지요
달빛을 따라
이 궁핍한 밤에도 삽을 들고
성큼성큼 논으로 나가시는 아버지
옛날 이 땅에서 당신이 그러하셨던 것처럼

스스럼없이 바지 활활 걷어붙이고
역사의 논물에 발을 담그는 것도
거머리가 붙으면 이놈의 거머리 하며
철썩 젖은 종아리 아무 일 아닌 듯 때리는 것도
저는 겁나는 일이기만 한데
세상의 어둠 다 몰려와 난리를 치는
빈 논에 아버지 돌아오셨군요
아버지의 논바닥 저 깊은 곳에서
겨울에도 푸른 모들은 힘차게 꼼틀거린다고
제가 쓰는 시 이 부족한 은유로는
당신의 삶 끄트머리도 감당할 수 없음을 압니다
아버지
꿈에도 논에는 나오지 마라 하시지만

젊은 북한 시인에게 1

최형, 편지 늦었습니다 부끄러운 것이 많아서였습니다
그동안 무얼 했느냐고 물으신다면
형 얼굴 떠올리는 데 25년 걸렸습니다 말도 못 하겠습니다
묘향산맥 한 산발치 마을에서 이 글 읽고 계시겠지요
형수님과 초롱초롱한 아이들도 만나보고 싶습니다
항간에는 꿈이나 그리움도 불온이 된다는데, 이 봄날
거기 영변에 약산 진달래꽃은 붉게 어우러져
이미 한 나라를 이루었겠지요
영 시가 쓰여지지 않을 때에는 붉은 꽃그늘 아래
취해 잠들면 떠오르는 무엇이 있다지요
제가 사는 남쪽도 한번쯤 떠오르던가요
호남선을 타고 목포까지 내려가 도다리회하고 소주 한잔 크윽 하셨다니,
비무장지대 핵지뢰들의 맛있는 밥이 될 뻔하셨습니다
꿈도 그러나 아주 슬프지는 않군요
이곳에 지천으로 봄이 와서, 햇볕은 또 얼마나 많이 내려와 쌓이는지
햇볕 위에다 우리가 하나로 찬란한 공화국을 세운다면
기어이 싸움에 이겨 세운다면, 몸을 떨곤 한답니다
우리가 삼천리 조선에 살아남아 써야 할 시 한 편
나는 아직도 머나먼 백두산이며 압록강이고
형은 아직도 머나먼 지리산이며 섬진강이기 때문이겠지요

우리가 비록 6 · 25전쟁 병사들이 낳은 자식들이어도
이 강산 앞산 뒷산에 똑똑한 현실로
눈부신 진달래로 꽃피어 어우러지는 날 옵니다
꼭 옵니다 온전한 서정시 쓰는 날 바로 그날입니다
그날이 와서 형이 첫 시집을 낸다고, 발문을 부탁한다고
아무렴요 천 번이고 만 번이고 제가 써드려야지요
'젊은 북한 시인에게' 이따위 편지 어디
그리운 만주 땅 갈대밭으로나 띄워야 옳겠지요
최형, 참으로 조선에 살아 꺼지지 않는 불씨가 되십시오
내내 건강하시기를 빌며,
1985년 오월 남한에서 씀

젊은 북한 시인에게 2

그리움이란, 시커멓게 가슴에 멍이 드는 일입니다

저녁노을

어두워지며
썩은 강에 검은 산이 소리 없이
조선 망하듯 누울 때
앞논에 개구리야
뒷산에 소쩍새야
빚진 빚진 나라 울지 마라
한 40년 가문 사랑 탓하지 마라
오늘 저녁 부끄러움에 멍든 가슴들이
저렇게 단란히 피워올리는
너무 찌들려서 아름다운 저녁밥 짓는 연기를 보아라
밥 먹고 어디 머리 둘 곳 없을지언정
끝없이 살아
우리 현대사 내려다보는 노을 아래
우리가 씨 뿌린 곡식같이 당당하게
살아 이 땅에 잠들지 않게 하는
내 아버지 붉은 얼굴과 더불어 살아

5월의 단풍나무

우리 아이들이 제 또래 친구들을 하나하나 사귀어가듯이
그래서 고만큼의 새 세상을 찾아가듯이
우리가 가르쳐주기도 전에
5월, 단풍나무는
중학교 1학년 아이들 손바닥 같은
이파리들을 한 잎씩 불러모은다
어린 가지에 어디선가 붉은 어여쁨들이 날아와 붙는다

단풍나무야
단풍나무야

부끄럽게 가을로 물들며 가는구나
손바닥과 손바닥을 합쳐
큰 주먹을 이루려는구나
드디어 눈부신 세상이 오는구나

밥 2

아버지가 추수한 쌀로
아버지 제삿날 젯밥을 지어 올린 날이 있었다

그 둥근 밥 한 그릇 홀로 앉아 태연히 받으시려고
서둘러 모여 먹던 들밥이 아주 삭기 전에
일찍도 까맣게 밤이 깊었다

다시 낙동강

아우야 우리가 흰 모래밭 사금파리 반짝이는 소년이었을 때
앞서거니 뒤서거니 땅으로만 기어 흐르던 낙동강이
오늘은 저무는 경상도 하늘 한끝을 적시며 흐르는구나
아무도 모를 것이다 정말로
강물이 하나의 회초리라는 것을
우리 어린 종아리에 감기던 아버지 싸리나무 푸른 매
강물도 하회(河回) 부근에서 들판의 종아리를 때리며 가는구나

아우야
아버지 수십 년 삽질로도 퍼내지 못한 낙동강이
아직 철들지 않은 물고기들 하류로 풀어 보내며
조심하여라 조심하여라 웅얼대는 소리 듣느냐
아버지 등줄기에 흐르던 강물 보았느냐
그 속을 거슬러올라 헤엄치던 어린 날 우리는
그렇지 한 마리씩의 빛나는 은어였을 것이다

먼 훗날
다시 낙동강에 나갈 때 아우야
강물이 스스로 깊어진 만큼 우리도
나이가 부끄럽지 않고 서글프지 않은 물줄기 이루었을까
저무는 강가에 아버지가 되어

푸른 매가 되어 돌아와 설 수 있을까
아우야

백두산 가는 길

백두산 가는 길 멀고 험하여
못 가겠다 가다가는 쓰러져 죽을지도 몰라
그렇게 생각하는 사람 손 들어봐요
우리가 백두산에 갈 수 있도록
여름에는 햇볕이 땅을 벌겋게 달구었고
겨울에는 모난 데마다 눈이 내려주었다
가만히 앉아 있으면 보일 리 없는 길
들에 나가듯 출근하듯 가는 길
골목길은 바로 역사가 시작되는 길
자전거 타고 바람 가르며 학교 가는 길
운동장에 축구공과 함께 콩콩 뛰어노는
우리 아이들을 교실로 불러모아
산당화 피는 아침 국정 국어 교과서를 들고
나는 오늘도 백두산으로 간다
너무 늦었다 생각될 때 출발해도
아이들아 우린 꼭 닿을 수 있단다
밟고 갈 엄두도 내지 못하고
머뭇거리는 사람들 앞에서는 그 길이
볼수록 멀고 거친 길일 수밖에
자기 선전에 급급했기 때문에
그들은 백두산 가는 길을 잃어버렸다
통일 되면 가야지, 그것은
앉은뱅이 그리움이다
그리움을 일으켜세워 큰길로 나서자

누구나 가야 할 길
백두산 가는 길
지금 발 딛고 선 자리에서 지금
떠나지 않으면 영원히 갈 수 없는 길
선생님, 천지 물이 바다같이 깊고 푸르다지요
암 그렇고말고 여러분 속마음과 똑같답니다
우리는 오늘도 백두산으로 간다

새벽밥

동트기 전에
죽은 듯이 누웠다가 문득
벌떡 일어나 먹는 밥
지난밤보다 더 큰 밤이 오기 전에
해야 할 일이 많은 사람
밥을 먹는다
새벽밥이여

혼자 먹는 밥
숨죽이며 먹는 밥
분명히 떠나갈 사람이 먹는 밥이여
몸서리치며 먹는 밥이여

남몰래 신새벽에
그대 왜 홀연히 깨어 앉아
식구 없는 밥상을 앞에 하는가
따스함이랑 그리움이랑 기꺼이 눌러 죽이고
맨손으로 가자
돌아올 길을 생각하지 말자
끝내 닿아야 할 나라로 가는
아직은 춥고 어두운 길을 보는가
눈물도 없이 먹는다
새벽밥이여

조선 천지 이 집 저 집
벌떡벌떡 일어나서
한 등씩 불 밝히고 밥 먹는 사람이여
그대 가르고 갈 바람 속에 놓인
시퍼런 한 그릇 밥
새벽밥이여

기쁜 지도

어깨동무하고 눈이 내린다
창밖에 전깃줄에 앞집 지붕 위에 눈이 내린다
동해 물과 백두산이 마르고 닳도록 사랑할 조국에 눈이 내린다
무심코 지도를 펴면 내 고향 예천에 내성천 물가에
안동 쪽으로 가면 읍이 되었다는 풍산에 코피 흘리던 국민학교 운동장에
이북에도 풍산이 있다는데 그곳에도 눈이 내린다
경기도 여주에도 아버지가 일구시던 밭두렁에도 눈이 내린다
대구에 대전에 이리에 서울에 파주에 임진강변에
총 들고 서 있는 동생 제현이 철모 위에 언 어깨 위에
서로 겨누고 서로 지키는 이 땅의 모든 병사들의 마음 위에

눈이 내린다
조선 사내들의 털 없는 가슴팍에 눈이 내린다
남북 계집들의 맑은 눈망울 속에 바라보는 산하에
어화둥둥 내 사랑아 우리나라 지도 위에
쏟아지는 눈발이야

문학동네포에지 014

서울로 가는 전봉준

1판 1쇄 발행 1997년 3월 17일 / 1판 4쇄 발행 2002년 1월 24일
2판 1쇄 발행 2004년 8월 20일 / 2판 4쇄 발행 2013년 12월 10일
3판 1쇄 발행 2021년 3월 30일

지은이—안도현
책임편집—유성원
편집—김민정 김필균 김동휘 송원경
표지 디자인—이기준 김이정
본문 디자인—유현아
마케팅—정민호 김도윤 최원석
홍보—김희숙 김상만 함유지 김현지 이소정 이미희 박지원
제작—강신은 김동욱 임현식
제작처—영신사

펴낸곳—(주)문학동네
펴낸이—염현숙
출판등록—1993년 10월 22일 제406-2003-000045호
주소—10881 경기도 파주시 회동길 210
전자우편—editor@munhak.com
대표전화—031-955-8888 / 팩스—031-955-8855
문의전화—031-955-3570(마케팅), 031-955-8865(편집)
문학동네카페—cafe.naver.com/mhdn
트위터—@munhakdongne
북클럽문학동네—bookclubmunhak.com

ISBN 978-89-546-7774-5 03810

www.munhak.com

문학동네